Cuentitos de su...

Si tienes cinco manzanas y cinco naranjas,

¿cuántas tienes en total?

Tienes diez frutas.

$$5 + 5 = 10$$

Si tienes seis galletas

y cuatro paletas,

¿cuántas tienes en total?

Tienes diez dulces deliciosos.

$$6 + 4 = 10$$

Si tienes

cinco carritos,

tres camiones

y dos aviones,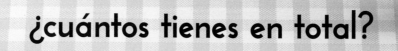

¿cuántos tienes en total?

Tienes diez juguetes divertidos.

$$5 + 3 + 2 = 10$$

Si tienes
cuatro pelotas rojas,

cuatro pelotas amarillas

y dos pelotas verdes,

¿cuántas tienes en total?

Tienes diez pelotas rebotando.

$$4 + 4 + 2 = 10$$

Si tienes diez amigos felices y cero amigos tristes,

¿cuántos tienes en total?

Tienes diez amigos felices.

10 + 0 = 10

Si tienes

diez frutas,

diez juguetes divertidos,

diez pelotas rebotando,

diez dulces deliciosos y diez amigos felices,
¿qué tienes?

10 + 10 + 10 + 10 + 10

¡Mucha diversión!

¡Lee este libro otra vez y cuenta de diez en diez!